AF331330

COUP D'ÉTAT.

COUP D'ÉTAT.

MAXIME.

Amis, nous approchons d'une époque terrible,
La perte de la France est à peu près visible.
Malheur! qu'allons-nous voir au prochain mois de mai?
Il sortira le meurtre, hélas! je ne le sai.
Que vas-tu devenir, ô ma chère patrie?
Par tes propres excès seras-tu pas flétrie?
Ou bien tomberas-tu sous le joug d'un vainqueur
Qui de tous tes enfans deviendra l'oppresseur.

AUGUSTIN.

Quoi! le peuple Français pourrrait-il être esclave,
Ce peuple si puissant, si belliqueux, si brave?

THÉODORE.

La perte de la France! Est-ce l'esprit divin
Qui vous a révélé ce funeste destin?
Pour moi j'espère encore, au bord du précipice,
Que les Français pourront rendre le ciel propice,
Et calmer le courroux du maître des humains
En élevant vers lui mille innocentes mains.
Les vierges du Seigneur, jour et nuit dans son temple,
Des milliers de chrétiens, suivant leur saint exemple,
Vont unir leur prière et par leur pieux accord
Ils vont forcer le ciel à changer notre sort.

MAXIME.

Oui, c'est le seul moyen qu'en ce moment je voie
Pour sortir triomphans de cette triste voie.
Nous avons irrité le ciel par nos forfaits;
Nous avons arrêté le cours de ses bienfaits;
Nous avons oublié les plus saintes maximes,
Pour marcher, pour courir, dans le sentier des crimes;
Voilà ce qui sur nous fait tomber ces fléaux:
Le péché fut toujours la source de nos maux;
C'est lui qui du Seigneur attire la colère
Et qui nous fait tomber dans l'affreuse misère.
Nos prières pourront peut-être encor fléchir
Le bras de l'Eternel prêt sur nous à sévir.

PROSPER.

Messieurs, êtes-vous donc ou fous ou fanatiques?
Vous prétendez, je crois, monter jusqu'aux portiques
Où siége l'Eternel au milieu de ses saints;
Et pensez-vous lui faire, en faveur des humains,
Abaisser ses regards jusque sur cette terre.
Mais, que vous répondra le maître du tonnerre?
Que demande ce peuple infidèle, inconstant,
Quoiqu'on fasse pour lui jamais il n'est content.
Je vous avais fait don d'un roi bien pacifique,
Vous l'avez détrôné pour vivre en république;

Quel est donc à présent le sujet de vos vœux
Pour venir dans ces lieux troubler les bienheureux ?
Messieurs, mon sentiment au vôtre est très contraire,
Vous faites tous des vœux, je me garde d'en faire,
Car je crains que le ciel, las de tant de clameurs,
Ne dise, en se raillant de toutes nos frayeurs :
Qu'à ce peuple importun on envoie une grue,
Qui le gobe à plaisir, qui le croque et le tue.

THÉODORE.

Si le Dieu que j'implore était ce Dieu vengeur
Qui porte dans sa main un feu dévastateur,
Et de l'infortuné, qui pensait à se plaindre,
Aggrave le malheur, nous aurions lieu de craindre.
Mais celui que j'invoque est notre créateur,
C'est le Dieu des chrétiens, leur père et leur sauveur;
Ainsi, loin d'insulter à nos justes alarmes,
Il finira nos maux, il tarira nos larmes.

PROSPER.

Laissez-moi cependant continuer mon discours,
Puis de votre sermon vous poursuivrez le cours.
Voici donc mon avis : restons tels que nous sommes;
Montrons à l'univers que les français sont hommes,
Qu'ils savent bien penser, raisonner et vouloir
Sans livrer au hasard leurs craintes, leur espoir.
Faisons de nos voisins avorter l'espérance
Qu'ils conçoivent déjà sur notre belle France;
Par un parfait accord consolidons l'Etat,
Que les sciences, les arts en augmentent l'éclat;
Que dans ce beau pays le commerce fleurisse,
Que de chants de bonheur la France retentisse.
Nos ancêtres se sont couronnés de laurier,
Nous, jouissons en paix, vivons sous l'olivier.

VICTOR.

Rester dans leur état doit être désirable
A ceux, qui possédant tout bonheur souhaitable,
Ont pour le malheureux des entrailles d'airain
Et ne jettent sur lui qu'un regard de dédain :
Châteaux à la campagne, hôtels, palais en ville,
Comptant dans leurs trésors les millions par mille,
Pompeusement servis, superbement parés,
Toujours par des chemins à nos frais préparés,
De province à Paris, de Paris en province,
Emmenant avec eux un cortége de prince;
On conçoit que ceux-là de leur lot satisfaits
N'approuvent pas nos vœux pour des changements faits.
Moi, je pense autrement, je veux que l'on partage
Car de tous ses enfans la terre est l'héritage.

FABIEN.

Partager, cher Victor, ah! c'est porter trop loin
Envers nos protégés la tendresse et le soin.
Tu sais que le malheur m'attendrit et me touche,

Que je n'ai dans le cœur aucun sentiment louche ;
Tu connais ma justice et ma grande bonté ,
Jamais un malheureux Fabien n'a rebuté ;
Cependant partager me paraîtrait folie ;
Il faut qu'à la bonté la prudence s'allie.
S'ils sont dans le besoin, donnons-leur des secours ,
Mais ne nous créons pas de si malheureux jours.

VICTOR.

Non, ces restrictions ne sont qu'un subterfuge
Où de l'oppression on cherche le refuge.
Vous voulez, je le vois, conserver quelque rang,
Quelque distinction de fortune ou de sang ;
Je reconnais en vous l'ambition funeste,
Et cet amour de l'or que tout cœur droit déteste.
Ne vous y trompez pas, trop cauteleux Fabien,
Ce n'est pas à demi que nous voulons le bien.
Eh ! qui me donnera quelqu'un qui me seconde
Pour abolir les lois de ces tyrans du monde
Qui veulent que l'un soit au faîte des grandeurs,
L'autre dans le mépris, la misère et les pleurs.
Hélas ! comment peut-on avoir l'âme assez basse
Pour vouloir avilir des hommes de sa race ;
Le riche peut-il voir le pauvre à ses genoux
Lui demander des biens que le ciel fit pour tous ?
Et quoi ! n'avons-nous pas tous la même origine :
L'Éternel nous fit tous dans sa bonté divine,
Lui-même façonna, de sa puissante main,
La terre dont il fit le premier corps humain ;
Faisons l'homme, dit-il, à notre propre image,
Qu'il bénisse mon nom tous les jours, d'âge en âge.
Par son souffle divin il voulut l'animer,
Et lui donner un cœur qui pût connaître, aimer.
Voilà d'où nous venons, personne ne l'ignore ,
Ce sont des faits connus du couchant à l'aurore.
Et l'on verrait encor des hommes orgueilleux
Vouloir que tout fléchisse ou rampe devant eux ?
Comme si c'était d'eux qu'ils tiennent l'existence
Ou que le ciel eût fait entre nous différence.
Mais, non, il nous forma tous du même limon.
A voir ces grands seigneurs, Jules, le dirait-on ?

JULES.

Tu dis ramper, fléchir, ce n'est pas assez dire :
Il ne leur suffit pas d'avoir sur nous l'empire.
Ils voudraient, je ne sais... nous accabler de maux ;
Faire tomber sur nous les plus cruels fléaux,
Nous voir tous baffoués et traînés dans la boue,
Hachés, broyés, pendus, expirant sur la roue ;
Il faudra, cher ami, le poignard à la main,
Inonder notre sol de leur sang inhumain.

FABIEN.

Monstre, que dites-vous ?

JULES.

Ce que vous devriez dire,
Ce qu'à tout bon français l'amour du bien inspire.

FABIEN.

Grand Dieu! quelle fureur! Ciel, quel horrible bien;
Oh non! ce sentiment ne fut jamais le mien :
J'aime la liberté, je veux la république,
Mais ce n'est pas ainsi que mon cœur se l'explique.
Quoi! cette liberté serait donc le tombeau
D'un million de français tombant sous le couteau?
Gardons-nous de commettre une action si noire,
De notre nation on ternirait la gloire,
D'un peuple de vaillans et de braves guerriers
On ferait un amas de lâches meurtriers.

JULES.

Hé quoi! se pourrait-il qu'on manquât de courage
Pour arriver au bout de ce sublime ouvrage;
Vos cœurs, par la frayeur, sont-ils déjà glacés?

FABIEN.

Je l'avoue : oui, Messieurs, je manque de courage
Quand je pense à la fin de ce sublime ouvrage,
Puisque vous osez bien appeler de ce nom
L'infâme assassinat, l'indigne trahison.
Peut-on se figurer les mères désolées,
Les frères poignardant leurs sœurs dans les mêlées,
Les pères succombant sous les coups de leurs fils,
Les airs retentissant des plus horribles cris.
Juste ciel! que d'horreurs! je ne sais plus que dire
Oui, Messieurs, à ces coups, tout mon courage ex[

VICTOR.

Il s'agit de savoir si vous voulez servir,
Ou par un coup hardi si l'on veut s'affranchir.
D'ailleurs ce ne serait qu'une juste vengeance,
Contre tous ces ingrats pleins d'orgueil, d'insolence
Qui n'ont que du mépris pour ceux dont le labeur,
Fait leur prospérité, leur gloire et leur bonheur.
Du matin jusqu'au soir, pendant toute l'année,
Le brave laboureur consacre sa journée
A cultiver les champs, à récolter le blé;
Par le froid, par le chaud, son corps est accablé;
Le travail fatiguant, dur, auquel il s'applique,
Rend son teint basané, lui donne un air rustique;
Et puis les beaux messieurs, qu'il nourrit de sa main,
L'appelleront lourdaud, grossier, manant, vilain.
Et tous ces artisans, ces ouvriers habiles,
Qui construisent nos forts, qui bâtissent nos villes,
Tous ces hommes dont l'art, dont les adroites mains
Rendent tant de service au reste des humains
Sont par tous ces vauriens traités de vils manœuvres
Quoique tous les palais soient ornés de leurs œuvres.
S'ils ont affaire chez quelque prétendu grand

Il faudra qu'à la porte ils restent humblement.
Bref, tous les malheureux dévoués aux services
De ces maudits ingrats, pleins d'orgueil et de vices,
Sont maltraités par eux presqu'à tous les instants,
Ils passent tous leurs jours dans des maux accablans.

AUGUSTIN.

Moi, je sens dans mon sein une âme noble et fière
Qui sait de leur mépris vider la coupe entière ;
Je sais que dans nos mains réside tout leur sort,
Le peuple, quand il veut, est toujours le plus fort.
Les troupes sont à nous, les soldats sont nos frères,
Pensez-vous qu'ils voudraient assassiner leurs mères ?
Et que feraient ce tas de gâtés, de goutteux,
Le succès pourrait-il être un instant douteux ?
Cependant, j'en conviens, retenu à la porte
Est trop avilissant, vraiment, cela m'emporte.
Je puis bien, me tenant à l'écart, au lointain,
Mépriser leur mépris, leur rendre leur dédain,
Mais il faudrait n'avoir pas de sang dans les veines
Pour pouvoir s'abaisser devant ces âmes vaines.
Toutefois, je suis loin d'envier leur bonheur,
Je trouve notre sort bien préférable au leur.
Car n'est-il pas heureux, l'artisan pacifique
Qui fait de chants joyeux retentir sa boutique ?
Et le bon laboureur : après quelques travaux
Il jouit dans les champs du plus heureux repos,
Sous le jeune acacia, sur la tendre verdure
Il se croit en ces lieux le roi de la nature ;
Là, tout cède à sa main, obéit à sa voix,
La vigne, les troupeaux, tout reconnaît ses lois.
Tandis que tous ces grands, auxquels on porte envie,
Qui paraissent jouir du ciel dès cette vie ;
Ces riches, ces heureux, quoiqu'on les nomme ainsi,
Sont toujours dans les maux, le trouble et le souci.
En voulant se donner toutes les jouissances
Ils font que tout pour eux est source de souffrances :
Leurs yeux sont las de voir, leurs estomacs blasés,
Par l'excès des plaisirs tous leurs sens sont usés ;
Le paisible sommeil fuit loin de leurs paupières,
Ils passent dans l'ennui souvent les nuits entières,
Cet ennui les poursuit même pendant le jour
Et fait de leurs châteaux le plus affreux séjour.
Et si l'on compte encor cette grande noblesse
Qui leur fait craindre tant de perdre leur richesse !
Ils savent que leur bras n'est capable de rien,
Comment donc suppléer à ce fragile bien.
Tandis que lorsqu'on vit de sa propre industrie
Au bout de l'univers on trouve sa patrie ;
Les plus brillants États seront bouleversés,
Les trônes, les palais seront tous renversés,
Le pauvre en ce moment sortant de son village
Va travailler ailleurs, tranquille comme un sage ;
Enfin, nous le savons, le pauvre savetier
Jadis fut plus heureux que le financier.

Pourquoi donc partager tout le temps de sa vie
Entre le désespoir, la colère et l'envie?

THÉODORE.

En vous, cher Augustin, j'admire ce grand cœur
Qui dans tous les états sait trouver le bonheur ;
Mais il faut en bannir tout ce froid stoïcisme
Qui n'a jamais produit qu'un funeste égoïsme ;
S'il passa pour vertu, jadis, chez le païen
C'est un vice odieux dans le cœur du chrétien.
Tâchez donc d'acquérir cette vertu sincère
Qui fait que nous aimons chaque homme comme un frère,
La sainte charité, cette fille du ciel,
Plus belle que le lis, plus douce que le miel ;
Et puis l'humilité, sa compagne fidèle,
Jamais la charité ne marcha qu'avec elle ;
Cette vertu qui plaît tant aux yeux du Seigneur
Et qui devient pour nous la source du bonheur ;
Lorsque dans notre cœur elle est bien établie
Elle fait désirer que chacun nous oublie,
Elle bannit de nous l'esprit d'ambition
Et même elle nous fait aimer l'abjection.
Si ces saintes vertus régnaient sur cette terre
Jamais on n'y verrait ni révolte, ni guerre.

JULES.

La peste des prêcheurs et la peste des sots
Qui si paisiblement savent souffrir leurs maux !
Théodore nous prêche une belle doctrine,
Elle est toute céleste, elle est toute divine.
Mais c'est à nos tyrans qu'il faut l'aller prêcher,
Peut-être vos sermons pourront-ils empêcher
Que le pauvre ne soit opprimé par le riche.
Peut-être ils guériront de l'orgueil qui l'entiche.
Ce seigneur qui se croit même au-dessus des dieux,
Et qui voudrait placer son trône dans les cieux.
Et ce bon Augustin qui trouve tant de charmes
Dans ce qui fait verser à d'autres tant de larmes,
Qui dans la pauvreté sait bien se croire heureux,
Vraiment, ses sentimens sont beaux, sont merveilleux ;
J'admire son courage et sa grande sagesse.
Il veut qu'on l'appauvrisse et non pas qu'on l'abaisse ;
Comme si l'un était de l'autre différent
Dans ce siècle où chacun n'adore que l'argent.

AUGUSTIN.

Cher Jules, tu n'as pas appris à te connaître,
Si tu te connaissais tu te verrais ton maître ;
Tu verrais qu'on ne peut t'abaisser, t'avilir,
Qu'autant que tu voudras toi-même y consentir.
L'Éternel mit en nous une âme indépendante
Qui peut, comme elle veut, criminelle, innocente,
Vivre dans l'esclavage ou dans la liberté
Et peut même en servant conserver sa fierté.

Spartacus dans les fers ne fut jamais esclave,
Le lâche craint le mal, l'homme de cœur le brave,
D'ailleurs, sachez, Messieurs, que ces airs de hauteur
Ne se trouvent jamais dans un homme d'honneur.
Ce ne sont que les gens sans grandeur, sans mérite,
Qui nourrissent en eux cette haine maudite
Pour le bon laboureur, pour l'honnête artisan ;
De l'homme de travail tout sage est partisan.

JULES.

Augustin, nous voulons qu'il travaille lui-même,
Qu'il cultive les champs, qu'il laboure, qu'il sème.
Tu nous as fait plus haut un tableau ravissant
Du bonheur dont jouit l'heureux hôte du champ ;
Il en serait ainsi si la bonne harmonie
Régnait dans l'univers, mais elle en est bannie.
Non, nous ne voyons plus, comme on vit autrefois,
Les bons cultivateurs être leurs propres rois ;
Car il s'est établi mille injustes puissances
Qui viennent les troubler dans leurs douces jouissances.
De charges et d'impôts ils sont tous accablés ;
Il faut pour y pourvoir se défaire des blés,
Vendre le tendre agneau, le chevreau, la génisse.
Et tu voudrais encor que le ciel te bénisse,
Tu voudrais supporter leur domination
Et souffrir si gaiement cette sujétion ?
Le sort des grands, dis-tu, n'est pas digne d'envie,
Le chagrin et les maux se partagent leur vie.
Mais ce mal, s'il est vrai, vient de leur mauvais cœur.
Qu'ils viennent avec nous partager un bonheur
Qui par son grand excès les accable, les tue,
Que leur main au travail s'exerce et s'habitue.

MAXIME.

Mais ne savez-vous pas qu'il faut des gouverneurs.
Ces grands, que vous traitez d'injustes, d'oppresseurs,
Nous maintiennent en paix ou dirigent la guerre,
Non, ce n'est pas en vain qu'ils occupent la terre.
Un grand nombre il est vrai, jouit dans le repos
Du bien de ses aïeux, du fruit de ses travaux ;
Mais ces ambassadeurs, ces généraux, ces princes
Et tous ces députés nommés par les provinces,
Nous font jouir en paix de nos biens, de nos droits,
Repoussant l'ennemi, font respecter les lois.

VICTOR.

Ce sont ces bons soldats plein d'ardeur, de courage,
Que sans aucun regret on expose au carnage,
Oui, messieurs, ce sont eux qui défendent l'Etat.
Cependant on les voit tous passer sans éclat.
Le soldat reste obscur, en gagnant la victoire,
Et l'heureux général en a toute la gloire.
Lorsque ces fiers héros, dans Paris, triomphans,
Font leurs glorieux exploits publier par des chants,

La veuve et l'orphelin pleurent dans la misère
La perte d'un enfant, d'un époux ou d'un père,
De ce brave soldat, de ce bras vigoureux,
Qui frappa l'ennemi, puis périt avec eux.
Des services rendus nulle reconnaissance,
Ils ont beau soupirer, languir dans la souffrance,
On est indifférent à leurs maux, à leurs pleurs,
Pour les pauvres on n'a que mépris, que froideurs.

MAXIME.

Hélas! oui, j'en conviens, il est peu de grands hommes,
Qui sachent préférer, dans le siècle où nous sommes,
A leur propre bonheur le bonheur du pays.
Cependant, croyez-moi, Messieurs, restons soumis.
Si nous n'avons des chefs, on verra l'Angleterre,
L'Autriche, la Russie, et par mer, et par terre,
Inonder nos cités, s'emparer de nos biens,
Et forcer les français à vivre dans leurs liens.
Et qui nous défendra dans ces jours de détresse?

Jules.

Messieurs, ce sera nous. Chez le peuple latin,
On choisit, autrefois, Brutus et Collatin
Qui, socouant le joug d'un pouvoir tyrannique,
Furent, enfin, nommés chefs de la république;
Détruisez tous ces chefs, nous les remplacerons,
S'ils cessent de régner, amis, nous-règnerons ;
En maîtres nous ferons ou la paix, ou la guerre,
Nos noms seront connus jusqu'au bout de la terre.

Théodore.

C'en est assez, Messieurs, puisque c'est pour régner
Qu'en des fleuves de sang vsus voulez vous baigner,
Plutôt que de servir des barbares, des traitres,
Qui veulent conspirer pour devenir nos maîtres,
Je préfère obéir aux enfans de nos rois,
A mon obéissance, ils ont de justes droits.
Pourrait-on oublier, de cette auguste race,
Se lier aux méchans et marcher sur leurs traces,
Pourrait-on oublier Louis douze, saint Louis,
Henry quatre, la gloire et l'amour du pays,
Et laisser leurs enfans bannis de leur patrie ?
Est-ce donc, pour toujours que la France expatrie,
De tant d'illustre rois, les nobles rejetons ?
Enfans de saint Louis, quoi! nous vous rejetons,
Nous vous forçons au loin à chercher un asile.
Oh France ! leur seras-tu donc toujours hostile ?
Ne rougiras-tu point de tous ces noirs forfaits
Dont tu récompensas de tes rois les bienfaits ?
Les uns, sur l'échafaud expirèrent victimes
De l'horrible fureur de ces suppôts des crimes
Qui par leur cruauté, par leur sédition,
Accablèrent de maux toute la nation.
D'autres, par le poignard terminèrent leur vie,
Enfin, persécutés par la haine et l'envie,

Détestés des méchans, les derniers de nos rois
Ont dû fuir d'un pays trop heureux sous leurs lois ;
Mais, aussitôt, on vit la fureur et la rage
Inonder nos cités de meurtres, de carnage.
On nous avait promis bonheur et liberté ;
On vit de toutes parts horreurs et cruauté.
Oh France ! pourquoi donc de tes rois parricide !
Et de tes citoyens meurtrière ! homicide !
Pourquoi ne pas ouvrir les yeux sur tes erreurs !
Pourquoi ne pas finir tes maux et tes malheurs !
Mais je me trompe , oh non ! ce ne fut pas la France
Qui fit périr ses rois sur l'infâme potence,
C'étaient des monstres, et bien que dans son sein,
Bien loin d'être français, ils n'avaient rien d'humains.
Mais enfin réparons, les maux , les injustices,
Qu'ont causé parmi nous l'impiété, les vices,
Rappelons les enfans de nos illustres rois
Et rétablissons-les dans leurs biens, dans leurs droits.

MAXIME.

Comme vous, de nos rois, excellent Théodore,
J'aime les descendans, oui, mon cœur les adore :
La grande piété de leurs nobles aïeux
Fait que tout vrai chrétien forme des vœux pour eux.
Mais pour les rétablir dans leurs droits légitimes
Ils faudrait faire, hélas ! des milliers de victimes ,
Car tous ces changements de gouverneurs, d'Etats
Ne peuvent s'opérer sans de sanglans combats.

PROSPER.

Voilà bien des avis, mais, cependant Constance
Ne se prononce pas dans cette circonstance.

CONSTANCE.

Si ma bouche se tait, ce n'est pas que mon cœur
N adresse constamment d'ardens vœux au Seigneur.

THÉODORE.

Et quel est-il l'objet des ardentes prières
Que vous faites sans cesse au père des lumières ?

CONSTANCE.

Fille d'un vieux troupier du grand Napoléon
J'adorerai toujours ce monarque et son nom.
Hélas ! il m'en souvient, mon vénérable père,
Ayant autour de vous, vos enfans et leur mère,
Vous avez raconté plus de cent mille fois,
De l'illustre héros les vertus, les exploits ;
Cette guerrière ardeur, ce courage indomptable,
Qui dans tout l'univers le rendaient redoutable ,
Son affabilité pour tous ses chers soldats,
Qui vous faisaient voler à la mort, aux combats.

. . . .

. . . .

Plus de cent mille fois mon père dans sa vie,
De ce doux souvenir ayant l'âme ravie,

Nous peignit ce héros, cet être plus qu'humain,
Haranguant ses soldats ou leur tendant la main,
Et leur communiquant les transports de son âme,
Embrasant tous les cœurs d'une sublime flamme
Pour la belle victoire ou le glorieux trépas.
Sur les cœurs, les héros que ne peuvent-ils pas !
Que ne pouvait surtout cet homme incomparable,
Qui se montra toujours généreux, équitable,
Couronnant la valeur, sans nul égard aux rangs ;
Aimant tous ses soldats comme ses chers enfants.
Volant au-devant d'eux au chemin de la gloire,
Partageant avec eux le prix de la victoire ;
Oh ! qu'il sera toujours grand parmi les mortels !
Si nous n'étions chrétiens, il aurait des autels.
Il releva les lois, pacifia la France,
Rendit à tous les cœurs le bonheur, l'espérance,
Rétablit parmi nous le culte du Seigueur
Qu'avait anéanti l'impie en sa fureur ;
Devant lui la terreur fit place à la victoire,
La France ne vit plus que triomphes, que gloire !
Et comment pourrait-on pour ses dignes neveux
Ne pas avoir d'amour, ne pas faire des vœux ;
Mais de tous ces neveux j'aime par préférence
Le cher et tendre fils de la princesse Hortense.
Oui, Louis-Napoléon est le roi de mon cœur,
Je fais des veux ardents pour sa gloire et son heur.
Si le Seigneur voulait écouter ma supplique
Il serait toujours chef de notre république,
Ou bien..... mais pourrait-on espérer ce bonheur !
Il serait encore plus, il serait Empereur.

VICTOR.

Ah ! c'est bien désirer de ramper sous des maîtres !
Vous appelez cruels, monstres, barbares, traitres,
Ceux qui vous traiteraient en frères, en égaux,
Qui ne veulent avoir ni sujets, ni vassaux ;
Ceux dont le seul désir est de voir, dans la France,
S'établir le bonheur avec l'indépendance ;
De voir enfin, en tout régner l'égalité,
Et de réaliser cette fraternité
Qui ferait le bonheur et la gloire des hommes,
Faisant autant de rois de tous tant que nous sommes,
Chacun de nous aurait son bien pour son état ;
Dans ce petit domaine il serait potentat.
Ou ce qui paraîtrait plus doux, à mon envie,
Ce serait de n'avoir nul souci de la vie,
D'établir entre nous communauté de biens,
D'abolir ces trois mots : les miens, les tiens, les siens.
Que notre vie alors serait douce, agréable :
Peut-on s'imaginer rien de plus admirable
Qu'un peuple ainsi formé de frères et d'amis,
Sans nulle ambition, exempts de tout soucis ?
Mais, non, vous préférez que du haut de son trône,
Le sceptre dans la main, sur son front la couronne,

Un monarque impérieux vous impose des lois ;
Faites donc des consuls, des empereurs, des rois ;
Vous-mêmes, sous leur joug, allez courber vos têtes,
Epargnez-leur ainsi le danger des conquêtes.

SOPHIE.

Votre zèle, Victor, part je crois d'un bon cœur ,
Mais moi qui, comme vous, suis sensible au malheur,
Qui voudrais le bonheur de toutes créatures,
Je crois que vos desseins, que toutes vos mesures,
Ne produiraient jamais un heureux résultat ;
Car même, sans parler du funeste combat
Qui pour y parvenir serait inévitable,
Votre gouvernement ne saurait être stable.
Croyez-vous qu'on pourrait maintenir bien longtemps
L'égalité des biens, l'égalité des rangs.
Il faudrait pour cela qu'on fit égal partage
D'amour pour le travail, de force, de courage,
De prudence, d'adresse et de discernement ;
Que le ciel répandit, sur tous également,
Ses bénédictions, sans quoi tout est stérile,
Et sans quoi le travail deviendrait inutile.
Il faudrait, en un mot, et peut-on l'espérer,
Que dans chaque famille on vit tout prospérer,
Avec même bonheur, avec même abondance ;
Le vouloir, ce serait tenter la providence.
Le communisme, enfin, me paraît, comme à vous,
Un spectacle touchant, agréable et bien doux ;
Mais comment l'établir dans le siècle où nous sommes ?
Dans ce sièle pervers où la plupart des hommes
Sont plus qu'indifférents aux souffrances d'autrui :
On délaisse le pauvre, on s'éloigne de lui,
On croit que le haïr est grandeur et noblesse,
Que prendre son parti marque de la bassesse,
Et qu'avoir avec lui la moindre intimité
Serait une raison pour être détesté.
Sentiments opposés aux maximes célestes,
Qui très souvent ont eu des suites bien funestes,
Et qui feraient, enfin, que difficilement
Vous pourriez opérer un si grand changement.
Vous verseriez du sang, vous feriez des victimes,
Vous souilleriez vos mains des plus horribles crimes ;
Lorsqu'il est en fureur le peuple, sans égard,
Assassine l'enfant, massacre le vieillard ;
Il n'a plus de respect pour les choses sacrées ;
D'un fol emportement les âmes enivrées
Voudraient, en ces moments, détruire l'Eternel ,
On ose l'attaquer jusque sur son autel.
Pour rendre plus heureux l'habitant de la France
Il faut d'autres moyens que ceux de la violence :
Il faudrait que la foi, que la religion,
Réformassent les mœurs de notre nation.
Alors disparaîtrait l'orgueil et l'égoïsme,
Deux ennemis jurés de tout socialisme,

Deux ennemis jurés de la paix, du bonheur ;
Alors chacun suivant les traces du Sauveur,
Comme lui, serait doux, bienfaisant, charitable,
On ne serait plus d'or avide, insatiable,
On chercherait des biens qui ne périssent pas
Et dont on peut jouir même après le trépas :
On verserait des dons au sein de l'indigence,
On n'étalerait plus une vaine opulence.
Sans bouleversement, sans trouble et sans effort,
Alors s'établirait le plus parfait accord,
Car, le pauvre chérit le riche secourable,
Il sert avec bonheur le maître bon, affable.

PROSPER.

Mais pourquoi voulez-vous qu'on donne de son bien,
A ces gens du néant auxquels on ne doit rien ?
S'ils sont dans le besoin, s'ils sont dans la misère,
Qu'ils changent leur destin en un destin prospère ;
Ils y parviendront par l'ordre et le labeur ;
Que chacun soit soigneux de son propre bonheur.
Victor veut que des biens on fasse le partage,
Mais moi j'assure que si de mon héritage,
Quelqu'un ose essayer de vouloir s'emparer,
Avant d'y consentir, je saurai séparer
Son âme de son corps, terminant une vie
Que les afflictions, la misère, l'envie
Rendent insupportable. Et peut-on faire mieux
Que de mettre en repos ces gens chez leurs aïeux ?

FABIEN.

Juste ciel ! as-tu fait une âme si barbare !
Ah ! sans doute, ce sont les monstres du Tartare
Qui, dans un corps humain, ont soufflé cet esprit,
Oui, c'est un échappé de ce séjour maudit !

. . . .
Prosper, un peu trop loin l'indignation m'emporte ;
Mais ne pensez-vous pas qu'en traitant de la sorte
Lé pauvre, que déjà révolte le malheur,
On enfonce de plus un poignard dans son cœur,
Puisqu'à tant d'autres maux on ajoute l'insulte.
D'exaspérer le peuple aucun bien ne résulte ;
Mieux vaut, par la bonté, le gagner, l'adoucir,
Que par la dureté, le rebuter, l'aigrir.
Messieurs, suivons le plan que nous trace Sophie,
Il est plein de douceur et de philosophie.

MAXIME.

Oui, si tous les mortels, remplis de charité,
Reconnaissaient, enfin, quelle est la vanité
De ceux qui, devant eux, prétendent que tout plie.
(Eh ! mon Dieu ! se peut-il qu'à ce point on s'oublie)
Pensaient qu'au Seigneur seul sont dûs gloire et honneur,
Qu'à ses frères on doit égards, bonté, douceur,
Sans bouleversement, sans révolte et sans guerre,
On renouvellerait la face de la terre.

Et, mieux vaudrait aux grands, si le faible mortel
Peut bien porter ce nom, car c'est à l'Eternel
Qu'appartient la grandeur, qu'appartient la puissance,
Mais mieux vaudrait à ceux qui sont dans l'abondance
Faire part de leur bien aux pauvres, aux malheureux,
Que de les voir souvent se révolter contre eux.

SOPHIE.

Ah ! puisse du Seigneur la bonté paternelle
Nous accorder un chef qui soit un vrai modèle
De bonté, de douceur et d'affabilité,
Dont le règne soit un règne de charité,
Un chef dont les vertus fassent que l'on rougisse
De tant de duretés et de tant d'avarice,
De tant de vanités et de prétentions.

CONSTANCE.

Mais pourquoi demander au roi des nations
Ce que l'on tient déjà de sa bonté suprême.
Méconnaissez-vous donc quel est l'amour extrême
De ce Dieu saint pour nous : il nous a préparé
Un prince qui, toujours des flatteurs séparé,
A pu dans le silence et dans la solitude
Faire de ses devoirs une profonde étude.
Quelquefois le Seigneur, par des maux apparents,
Prépare ses élus aux emplois éminents.
Qui peut de ses desseins pénétrer la sagesse !
Autrefois, Isaac, l'enfant de sa promesse.
Qui par son ordre était déjà sous le couteau,
Fut arraché, par lui, des portes du tombeau,
Et fut, enfin, le chef de la race bénie
D'où sortit le sauveur qui nous donna la vie.
Jacob, par Esaü, haï, persécuté,
Par le ciel est choisi, son frère rejeté.
Et le fils d'Israël, cet ange d'innocence,
Dut-il pas sa grandeur aux maux de son enfance ;
Ses frères, qui l'avaient indignement vendu,
Sont eux-mêmes sauvés par cet enfant perdu ;
Il devient, dans les fers, l'appui de sa famille.
Grand Dieu ! dans tous ces saints, que ta puissance brille !
Mais elle brille bien avec autant d'éclat
Dans le prince prudent qui soutient notre Etat :
Illustre rejeton d'une race proscrite,
Dont le seul crime était son immense mérite,
Comme autrefois David, cet élu du Seigneur,
Notre prince, jadis, a connu le malheur ;
Or, c'est dans le malheur que la vertu s'éprouve,
Qu'on cherche le Seigneur, qu'on l'invoque et le trouve,
C'est dans l'adversité, c'est dans l'affliction,
Qu'on devient ennemi de toute oppression.
Dans ce sacré creuset, le tout-puissant prépare
Des âmes d'une force et d'un mérite rare,
C'est là qu'il leur apprend le grand art de régner,
Les plaisirs, les honneurs, ne peuvent l'enseigner.

David dut ses malheurs à sa trop grande gloire,
Il fut persécuté pour prix de sa victoire,
Et Louis-Napoléon dut les siens aux exploits
De celui dont le nom éclipsa ceux des rois,
De cet homme étonnant, de ce puissant génie,
Qui du plus grand péril sauva notre patrie.
Mais celui qui tira David, son serviteur,
Des sanguinaires mains de son persécuteur,
Et même lui donna son sceptre et sa couronne,
L'Eternel qui régit l'univers, de son trône,
A fait croître en exil, comme un jeune arbrisseau,
Qu'un ruisseau bienfaisant arrose de son eau,
Le prince sur lequel aujourd'hui notre France
De sa prospérité peut mettre l'espérance.
Il l'a fait croître en science, en courage, en vertu,
De force et de grandeur ce prince est revêtu ;
Adorons donc, du ciel, la divine sagesse
Et pour ce grand bienfait bénissons-le sans cesse.

VICTOR.

Mais quel acte héroïque, ou quels glorieux exploits
A faits votre héros ? quant à moi je ne vois
Dans Louis-Napoléon rien d'extraordinaire,
Rien qui puisse le mettre au-dessus du vulgaire ;
Son nom, oui, j'en conviens, lui donne quelqu'éclat,
Mais un nom suffit-il pour soutenir l'Etat ?

CONSTANCE.

Comment remplirait-il sa noble destinée ?
Par neuf cents volontés, sa volonté gênée
Ne saurait opérer le bonheur des Français,
Bonheur qui fut toujours l'objet de ses souhaits.
Etendez son pouvoir et vous verrez la France
Sortir de son état de langueur, de souffrance;
Il manque d'énergie et de valeur, dit-on,
Pour tout mérite il a la gloire d'un grand nom ;
Mais, souffrir patiemment marque bien du courage
Et Louis-Napoléon sait endurer l'outrage ;
Non, jamais son grand cœur ne se trouve abattu,
Plus il a de revers, plus il a de vertu.
A l'insulte il oppose un sublime silence,
Attendant le moment de cette providence
Qui sait si bien mener chaque chose à sa fin,
Il saura correspondre alors à son destin
Et montrer que ce qu'on ose appeler faiblesse
Etait le pur effet d'une haute sagesse.

MAXIME.

Oui, messieurs, les Français pensent que la valeur,
Ne saurait exister sans cette grande ardeur
Qui fait que nous voulons tout renverser, détruire,
Aussitôt que quelqu'un semble vouloir nous nuire;
C'est le plus grand défaut de notre nation.
Ce manque de sang-froid, de modération,

Met la France souvent sur le bord de sa perte.
Il est, sans doute, beau d'avoir une âme ouverte,
Mais la prudence aussi doit régner dans les cœurs,
Surtout dans ceux des rois, dans ceux des gouverneurs ;
Qu'à celle du serpent la vôtre soit pareille,
Dit, dans les livres saints, celui qui nous conseille
D'égaler la colombe en sa simplicité.
Il peut donc exister compatibilité
Même entre des vertus qui paraissent contraires ;
Mais savoir supporter les défauts de ses frères
Est rare, parmi nous, cependant le patient
D'après le sage vaut mieux que l'homme vaillant.
Mais on peut avoir tout : patience et vaillance,
Ainsi ne jugeons pas avec tant d'imprudence,
Le neveu d'un héros. L'homme sage toujours
Attend, pour se montrer, les favorables jours.

THÉODORE.

Ami, je te croyais tout-à-fait royaliste,
Mais enfin te voilà parfait bonapartiste.

MAXIME.

Est-ce à nous, Théodore, à régler les destins,
Et pouvons-nous changer les arrêts souverains
De Dieu, maître absolu des empires, des trônes,
Et seul dispensateur des sceptres, des couronnes ?
Nous ignorons encor quelle est sa volonté,
Mais s'il a résolu, de toute éternité,
D'établir sur la France une autre dynastie,
Voudriez-vous rejeter celle qu'il a choisie?
D'ailleurs puisque l'on a parlé de justes doits
Le grand Napoléon, plus qu'aucun de nos rois,
Mérita notre amour, notre reconnaissance ;
Jamais il n'employa la fraude, la violence,
Pour s'emparer du trône, et sa grande valeur
Et les vœux des français le firent empereur.
Depuis, le père au fils racontant ses victoires,
Ce nom, si glorieux, dans toutes les mémoires
Se trouvait imprimé, lorsqu'enfin vint le jour
Où l'on put librement faire éclater l'amour
Qu'on lui portait encor, et dans toute la France
L'aspect de son neveu ranima l'espérance ;
Le peuple avec transport accourt donner sa voix,
Les services rendus, notre amour, notre choix,
Sont les nobles degrés,

JULES, interrompant.

Ames lâches et viles !
Quoi ! peut-on chez les francs avoir des mœurs serviles !
Rampez, Messieurs, servez puisque c'est votre goût.
Victor, depuis longtemps ma patience est à bout.
Ne perdons plus le temps à des discours frivoles ;
Nous vaincrons par le feu et non par les paroles,

Et l'orage passé, le jour sera plus beau ;
Un grand nombre., il est vrai , descendront au tombeau,
Mais du moins ils mourront d'un trépas plein de gloire,
Aux siècles à venir passera leur mémoire,
On leur élèvera des monuments pompeux
Et des hymnes d'honneur seront chantés pour eux.

AUGUSTIN.

Messieurs, ce n'est pas moi qui dans cette espérance
Désire par mon sang régénérer la France.
La gloire du trépas ne me tenta jamais ,
Et vous pourriez m'offrir pour sépulcre un palais,
Que je préférerais vivre en une chaumière.
J'aborre les tombeaux et j'aime la lumière.

QUELQU'UN entrant.

Messieurs, quel imprévu ! quel subit changement !
Bannissez vos terreurs, le prince président.
Vient de mettre une fin à nos incertitudes ,
Nous allons voir cesser ces jours d'inquiétudes.
L'assemblée est dissoute ainsi que le conseil
Et tout paraît soumis.

THÉODORE.

Jamais un coup pareil

S'était-il opéré !

VICTOR.

Comment, sans résistance

Les lâches ont cédé !

MAXIME.

Lorsque dans sa clémence
Le souverain des cœurs daigne nous regarder,
Au trouble, en un moment, la paix peut succéder.
Dieu peut en un moment dissiper tout l'orage ,
Remplissant ses élus de force , de courage,
Et faisant que tout cède à leur bras victorieux.
Rien ne peut résister au Souverain des cieux !

MARIE-THÉRÈZE

Pau. — Imp. et lith. Veronese.

www.ingramcontent.com/pod-product-compliance
Lightning Source LLC
LaVergne TN
LVHW050246030726
842520LV00006B/2203